nuclear radiation

核辐射普及读本

刘学公 郭建友 徐师国 盛六四 编著

全国百佳图书出版单位
ARTTIME 时代出版 时代出版传媒股份有限公司
黄山书社

序

　　2011年3月11日,日本发生里氏9.0级大地震,引发海啸和福岛核电站事故,核污染问题引起周边国家和地区的恐慌。由于社会上传言食用碘盐可以防核辐射,而且海水已受到核污染,今后产的海盐不安全,自3月14日始,我国部分地方出现抢购碘盐现象,3月17日,造成全国性食盐脱销。国内的食盐抢购潮反映了人们对核电站事故的恐惧,暴露出公众对核辐射安全与防护知识的缺乏。

　　其实核辐射在自然界无处不在,我们吃的食物、住的房屋、天空大地、山川草木、人体都存在放射性。日常生活中,我们会受到天然本底照射和人工照射,一般情况下,不会对人体健康造成危害。为了帮助广大公众正确理解核辐射对人体的影响,科学看待日本福岛核电站事故造成的核污染,黄山书社组织一批核科技专家编写了这本《核辐射普及读本》,旨在普及公民的核防护知识,促进核辐射技术更好地造福于人类。

　　本书正文共分6章,分别介绍核辐射基础知识、电离辐射生物效应、反应堆与核电站、核技术在医学上的应用、核技术在其他领域中的应用、辐射的防护与监测。书后附录有关国际性组织和机构、历史上几次重要的核事故对环境和人类的影响等。其内容尽量通俗易懂,深入浅出,以普及核辐射基础知识和核辐射应用和防范为主线,涵盖了现代物理学、核技术应用、医学等多学科,是多学科专家合作撰写的一部跨学科科普读物。这种专家的社会责任感和探索精神值得推崇,这种读物也是目前我国社会公众所急需的。

当然,由于本书属此领域首部科普读物,编写时缺乏借鉴,多学科专家各自从不同的专业角度来谈核辐射与人类生活,侧重点会有所不同。加上时间紧迫,统稿编辑难度大,书中难免存在某些瑕疵和不足,但它毕竟在核辐射知识普及方面迈出了可喜的一步。承蒙黄山书社赵国华总编和刘学公先生等老友要我为本书作序,深感惶恐之至矣!但作为一位多年从事辐射医学与防护工作的科技工作者,我愿热情地向广大读者推荐,相信这会对你有所裨益。

是为序!

中华医学会放射医学与防护分会常务理事
安 徽 省 医 学 会 副 会 长 兼 秘 书 长　　王尚柏

2011 年 3 月 21 日于合肥

核辐射普及读本　　　目录

☢ 一、看不见的粒子流——核辐射基础知识

1. 核辐射的概念

辐射的定义

自然界中的物体温度在绝对温度零度以上,皆以电磁波的形式不断向外传送热量,这种传送能量的方式称为辐射。辐射以电磁波或粒子形式向外发散。无线电波和光波都是电磁波。电磁波的波长范围可由 $10^{-10}\mu m$（宇宙射线)到几千米(长波无线电

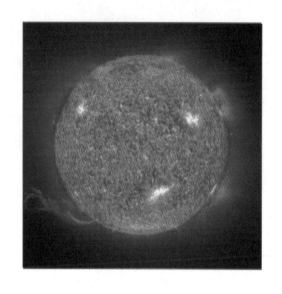

波),γ 射线、X 射线、紫外线、可见光、红外线、超短波等都是电磁波。人们肉眼能看得见的电磁波称为可见光,它只是电磁波中很短的一段(波长 $0.4\sim0.76\mu m$),由红、橙、黄、绿、青、蓝、紫七种颜色组成。

太阳通过自身的核聚变,不断向宇宙空间发射出电磁波和粒子流。地球所接收到的太阳辐射能仅为太阳向宇宙空间放射总辐射能的二十亿分之一,但却是地球大气运动的主要能量来源。太阳辐射能中的可见光线($0.4\sim0.76\mu m$)、红外线($>0.76\mu m$)和紫外线($<0.4\mu m$)分别占 50%、43%和 7%。

按照辐射粒子能否引起传播介质的电离,把辐射分为两大类:电离辐射和非电离辐射。

电离辐射

电离辐射是一切能引起物质电离的辐射总称，其中高速带电粒子有：α 粒子、β 粒子、质子等，不带电粒子有：中子、X 射线、γ 射线等。它们在日常生活中随处可见，如医学 X 光机、γ 射线治疗机、核医学用的放射性药物、试剂，工业生产用的料位仪、X 射线探伤及测厚仪、辐照加工的钴源等。

电离辐射存在于自然界，目前人工辐射已遍及各个领域，专门从事生产、使用及研究电离辐射工作的人员，称为放射工作人员。与放射有关的职业有：核工业系统的核原料勘探、开采、冶炼与精加工，核燃料及反应堆的生产、使用及研究；农业的照射培育新品种，蔬菜水果保鲜，粮食贮存；医学的 X 射线透视、照相诊断、放射性核素对人体脏器测定，对肿瘤的照射治疗等；工业部门的各种加速器、射线发生器及电子显微镜、电子速焊机、彩电显像管、高压电子管等。

非电离辐射

非电离辐射是指能量比较低，并不能使物质原子或分子产生电离的辐射，例如紫外线、红外线、激光和微波都属于非电离辐射。

核辐射

放射性物质以波或微粒形式发射出能量叫核辐射，亦称为放射性。

核辐射是原子核在结构或能量状态转变过程中所释放出的微观粒子流。它可使物质引起电离或激发，亦称为电离辐射。直接致电离辐射的包括 α 粒子、质子等带电粒子。间接致电离辐射的

包括光子、中子等不带电粒子。

核辐射主要有 α、β、γ 三种射线。α 射线是氦核,只要用一张纸就能挡住,但吸入体内危害大;β 射线是电子流,照射皮肤后烧伤明显;γ 射线的穿透力很强,是一种波长很短的电磁波,γ 射线和 X 射线相似,能穿透人体和建筑物,危害距离远。

2. 放射性的来源

放射性的来源主要有两个方面:天然辐射源与人工辐射源。

天然辐射源

宇宙射线

是来自外层空间的高能粒子流。在进入大气层之前称为初期宇宙射线。

与大气中的原子作用之后产生次级宇宙射线,包括电子、光子、介子、质子、中子。

环境中天然放射性核素

存在于岩石、水、土、大气、各种建材及人、动植物组织中。

放射性核素种类主要有 ^{40}K、^{3}H、^{14}C、^{87}Rb 及铀、钍、锕三个放射性系所属的核素,如 ^{238}U、^{232}Th、^{226}Ra 等。

某地区环境介质中含有天然放射性核素的浓度,称为该地区的天然放射性本底。

不同地区的天然本底差异很大,我国广东省阳江地区属于高本底地区。

人体摄入的放射性核素

有实际意义的成分有 ^{14}C、^{40}K、^{222}Rn 以及 ^{226}Ra 等。

以上三种天然电离辐射源对人体的内、外照射称为天然本底照射，其总剂量世界平均约为每年 2.4 mSv。

人工辐射源

医疗照射

指接受有电离辐射的治疗或诊断时，患者或被检查者所受到的照射。主要为 X 线诊断、牙科 X 线检查、核医学检查、射线与放射性核素治疗。在放射性工作场所，应放置醒目的告示牌。

职业照射

以放射性工作为职业的人员，如放射、核医学、放射医疗技术人员、探伤工人等，在其工作中所受到的电离辐射，不包括天然本底照射和医疗照射。

职业照射所致全世界集体剂量负担约相当于天然本底照射的 0.1%。

人工环境本底照射

由于人工电离辐射源对环境的污染或扩大应用所受到的照射。主要包括：放射工作场所向周围环境泄漏的电离辐射和排放的放射性"三废"；核武器试验全球落下灰；带有辐射源或放射性核素的日用消费工业品，如电视、电脑、发光涂料的刻度仪器、钟表；车站、机场检查行李用的 X 射线机；烟雾报警器；烟草等。

事故和灾害性照射

指在发生放射性意外事故（苏联切尔诺贝利核电站事故和最近日本福岛核事故），或核战争（广岛原子弹爆炸）时人员所受到的照射。

3. 放射线的发现

伦琴发现 X 射线(1895 年)

伦琴(Wilhelm Conrad Rontgen, 1845—
1923)发现 X 射线,获得首届诺贝尔奖物理
学奖。

1895 年 11 月 8 日,伦琴在进行阴极射
线的实验时, 第一次注意到放在射线管附
近的氰亚铂酸钡小屏上发出微光。经过几
天废寝忘食的研究, 他确定了荧光屏的发
光是由于射线管中发出的某种射线所致。
因为当时对于这种射线的本质和属性还了
解得很少,所以他称它为 X 射线,表示未知
的意思。同年 12 月 28 日,《维尔茨堡物理
学医学学会会刊》发表了他关于这一发现
的第一篇报告。1896 年 1 月 23 日,伦琴在
自己的研究所中作了第一次报告。报告结
束时, 用 X 射线拍摄了维尔茨堡大学著名
解剖学教授克利克尔一只手的照片。克利

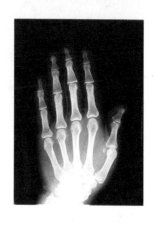

克尔带头向伦琴欢呼三次,并建议将这种射线命名为伦琴射线。

X 射线的发现对于自然科学的发展有极为重要的意义,正是由于 X
射线的发现,唤醒了沉睡的物理学世界,它像一根导火索,引起了一连
串的反应。

在 1895 年,物理学已经有了相当的发展,如牛顿力学、热力学、分
子运动论、电磁学、光学都已建立了完善的理论,并在应用上取得了巨

大成果。物理学家普遍认为,物理学的发展已经到了尽头。X 射线的发现就像一声春雷,唤醒了众多的物理学家,把注意力引向更广阔的天地,揭开了近代物理学革命的序幕。

由于伦琴发现 X 射线对物理学发展的巨大贡献,在 1901 年诺贝尔奖第一次颁发时,把首届诺贝尔物理学奖颁发给了伦琴。

X 射线最重要的应用是在医疗诊断(包括口腔)和放射治疗上。医院里的放射科、CT 室、放射治疗科里的加速器、X 刀等均使用 X 射线。

贝克勒尔发现自发放射现象(1896 年)

天然放射性现象的发现起源于法国科学院的一次会议。

1896 年初,彭加勒(H. Poincare,著名的数学物理学家、法国科学院院士)收到伦琴寄给他的论文和照片,他在 1 月 20 日的法国科学院的会议上展示了这些资料。由于 X 射线的产生与真空玻璃管中的强烈的磷光有关,彭加勒在会上提出假设:被日光照射而发磷光的物质也应发出一种不可见的、有穿透能力的、类似于 X 射线的辐射。说者无心,听者有意,彭加勒的假设给贝克勒尔(Antoine Henri Becquerel,1852—1908)留下了深刻印象。

会后,他立即开始这方面的研究,终于发现了铀盐有这种效应。

他用厚厚的黑纸包了一张感光底片放在太阳下,晒一整天也没有使底片变黑。他在黑纸上面放了一层铀盐,然后拿到太阳下晒几个小时,显影之后,他在底片上看到了磷光物质的黑影。然后他又在磷光物质和黑纸之间夹一层玻璃,做同样的实验,证明这一效应不是由于太阳光线的热使磷光物质发出某种蒸气而产生化学作用所致。于是得出结论:铀盐在强光照射下不但会发可见光,还会发穿透力很强的 X 射线。

贝克勒尔这一结论并不正确,一次偶然的机遇使他有了真正的发现。

1896 年 3 月 2 日法国科学院又举行例会,贝克勒尔准备再次报告自己的实验进展。他原想再做一些实验,可是 2 月 26 日、27 日连续阴天,见不到阳光。他只好把所有的器材放在抽屉里,铀盐也搁在包好的底片上,等待好天气。正当他为阴雨不止而焦急时,一种职业性的灵感使他作出决定,虽然底片没有曝光,也洗出来试试看。没有想到,洗出的底片和曝过光的一样黑。这件事使他恍然大悟,原来铀盐的辐射在黑暗中也照常进行,无需强光的照射。显然这是与 X 射线有根本区别且穿透力也很强的另一种辐射。贝克勒尔肯定这是铀盐自发的辐射,就取名为铀辐射。

1903 年,由于发现了自发放射现象,他与居里夫妇共同获得了诺贝尔物理学奖。贝克勒尔发现的自发放射性,是人们第一次观察到的核变化。现在通常就把这一重大发现看成是核物理学(又称原子核物理学,nuclear physics)的开端。

居里夫妇发现钋和镭(1898 年)

法国物理学家、化学家居里夫妇(Pierie Curie & Marie Curie)发现钋和镭。

1896 年,即居里夫妇结婚后次年,贝克勒尔发现了铀盐的自发放射性现象,这引起这对青年夫妇的极大兴趣,居里夫人决心研究这一不寻常现象的实质。她先检验了当时已知的所有化学元素,发现了钍和钍的化合物也具有放

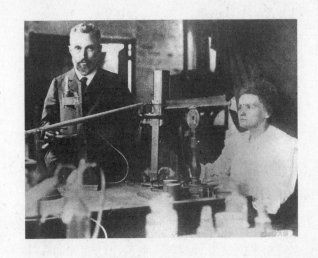

射性。她进一步检验了各种复杂的矿物的放射性，意外地发现沥青铀矿的放射性比纯粹的氧化铀强四倍多。她断定，铀矿石除了铀之外，显然还含有一种放射性更强的元素。

居里以他作为物理学家的经验，立即意识到这一研究成果的重要性，放下自己正在从事的晶体研究，和居里夫人一起投入到寻找新元素的工作中。不久之后他们就确定，在铀矿石里不是含有一种，而是含有两种未被发现的元素。1898年7月，他们先把其中一种元素命名为钋（Polonium），以纪念居里夫人的祖国波兰。1898年12月，他们又把另一种元素命名为镭（Radium）。为了得到纯净的钋和镭，他们进行了艰苦的劳动。在一个破棚子里，日以继夜地工作了四年。他们用铁棍搅拌锅里沸腾的沥青铀矿渣，眼睛和喉咙忍受着锅里冒出的烟气的刺激，经过一次又一次的提炼，才从8吨沥青铀矿渣中得到0.1克的纯镭盐。1902年，居里夫妇宣布，他们测得镭的原子量为225，并且找到了两根非常明亮的特征光谱线。这时，镭的存在才得到公认。

由于他们对贝克勒尔发现的辐射现象所做的卓越研究，居里夫妇和贝克勒尔共同获得了1903年诺贝尔物理学奖。

卢瑟福（原子物理学之父）

英国物理学家欧内斯特·卢瑟福（Ernest Rutherford，1871—1937）继1898年贝克勒尔发现放射性现象后不久，发现铀和铀的化合物所发出

的射线有两种不同类型：一种
是带正电的,这种射线的穿透
力很弱,只要用一张纸就可以
完全挡住它,他称之为 α 射
线(α 粒子);另一种是带负电
的,有较强的穿透能力,性质
同快速运动的电子一样,他称
之为 β 射线(β 粒子)。卢瑟
福对他自己发现的 α 射线特
别感兴趣。他经过深入细致的
研究后指出, α 射线是带正电
的粒子流,这些粒子是氦原子
的离子,即少掉两个电子的氦
原子。由于组成 α 射线的 α
粒子带有巨大能量和动量,这
就成为卢瑟福用来打开原子
大门、研究原子内部结构的有
力工具。

1900 年提出了重元素自
发衰变理论。

1904 年总结出放射性产物
链式衰变理论,奠定了重元素
放射系元素移位的基本原理。

1908 年,由于他在元素蜕
变及其放射化学方面的研究
获得了诺贝尔化学奖。而他一

卢瑟福的原子行星模型

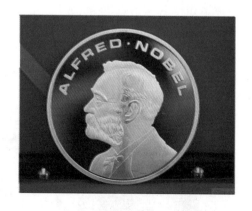

向自以为是物理学家,而非化学家,故风趣地说:"我竟摇身一变,成为了一位化学家。这是我一生中最绝妙的一次玩笑!"

1911年提出原子模型又称"有核原子模型"、"原子太阳系模型"、"原子行星模型引",是关于原子结构的一种模型。认为原子的质量几乎全部集中在直径很小的核心区域,叫原子核,电子在原子核外绕核作轨道运动。原子核带正电,电子带负电。这一发现打破了元素不会变化的传统观念,使人们对物质结构的研究进入到原子内部这一新的层次,为开辟一个新的科学领域——原子物理学做了开创性的工作,被誉为原子物理学之父。

1912年,卢瑟福的 α 粒子散射实验(卢瑟福实验),被评为"物理学最美的实验"之一。

1919年,卢瑟福做了用 α 粒子轰击氮核的实验,发现质子。找到了用粒子或 γ 射线轰击原子核来引起核反应的正确的人工核反应方法。

约里奥·居里夫妇发现人工放射性(1934 年)

约里奥·居里夫妇于1934年1月19日,发现用钋产生的 α 粒子轰击铝箔时,若将放射源拿走,"正电子的发射也不立即停止,铝箔保持放射性。辐射像一般放射性元素那样以指数律衰减"。并证明其半衰期约为3.5分。他们认为这是通过核反应,最终生成放射性磷。他们向《自然》

杂志写了一则通信,发表了这个实验结果。用同样的方法他们还发现了其他一些人工生成的放射性物质,此即人工放射性(artificial radioactivity)。这是20世纪最重要的发现之一,它为中子的发现揭开了序幕,是人类变革微观世界的一个突破,为同位素和原子能的利用提供了可能。

1935年底,小居里夫妇由于发现了人工放射性而得到了诺贝尔化学奖。同年得到诺贝尔物理奖的是中子的发现者查德威克。

劳伦斯发明回旋加速器(1932年)

1930年,美国科学家劳伦斯(Earnest Orlando Lawrence,1901—1958)提出了回旋加速器的理论,他设想用磁场使带电粒子沿圆弧形轨道旋转,多次反复地通过高频加速电场,直至达到高能量。1932年,他和他的学生埃德尔森(N.E.Edlefson)和利文斯顿(M.S.Livingston)一起,研制了世界上第一台回旋加速器,向人们证实了他们所提出的回旋加速器原理。回旋加速器的光辉成就不仅在于它创造了当时人工加速带电粒子的能量纪录,更重要的是它所展示的回旋共振加速方式奠定了人们研发各种高能粒子加速器的基础。

爱因斯坦——最受尊崇的诺贝尔获奖者

爱因斯坦(Albert Einstein,1879—1955),德裔美国物理学家、思想家及哲学家,犹太人,现代物理学的开创者和奠基人。

爱因斯坦著名的质能方程式 $E=mc^2$,E 表示能量,m 代表质量,而 c 表示光速。质能方程说明,质量和能量是不可分割而联系着的。任何物质系统既可用质量 m 来标志它的数量,也可用能量 E 来标志它的数量。

爱因斯坦于1905年3月发表量子论,提出光量子假说,解决了光电效应问题。同年5月完成论文《论动体的电动力学》,独立而完整地提出

狭义相对论原理，成功地揭示了能量与质量之间的关系，解释了光的本质。1915 年提出了广义相对论引力方程的完整形式，解决了一个天文学上多年的不解之谜——

水星近日点的进动（这是牛顿引力理论无法解释的），并推断出后来被验证了的光线弯曲现象，这一现象还成为后来许多天文概念的理论基础。他于 1916 年 3 月完成总结性论文《广义相对论的基础》，5 月提出宇宙空间有限无界的假说，8 月完成《关于辐射的量子理论》，总结量子论的发展，提出受激辐射理论，推动了量子力学的发展。

1921 年，爱因斯坦因光电效应研究而获得诺贝尔物理学奖。2009 年 10 月 4 日，诺贝尔基金会评选爱因斯坦为诺贝尔奖百余年历史上最受尊崇的 3 位获奖者之一。（其他两位是 1964 年和平奖得主马丁路德金、1979 年和平奖得主德兰修女）

费米（中子物理学之父）

1934 年，意裔美国物理学家费米（Enrico Fermi，1901—1954）用中子轰击原子核产生人工放射现象，取得重大发现：中子在到达被辐射物质之前，和含氢物质中的氢原子核碰撞，速度大大降低，这种降低了速度的"慢中子"，更容易引起被辐射物质的核反应。使用慢中子轰击原子核的方法很快被各国科学家采用。费米被誉为"中子物理学之父"。

1938 年由于"通过中子照射展示新的放射性元素的存在"，以及通过慢中子核反应获得的新发现，获得诺贝尔物理学奖。

1938 年费米在裂变理论的基础上，提出一种假说：当铀核裂变时，会放射出中子。这些中子又会击中其他铀核，于是就会发生一连串的反应，直到全部原子被分裂。这就是著名的链式反应理论。根据这一理论，当裂变一直进行下去时，巨大的能量就将爆发。如果制成炸弹，它理论上的爆炸力是 TNT 炸药的 2000 万倍！费米与爱因斯坦一起提出应对原子能的军事价值给予足够重视，获罗斯福总统认可。

4. 核武器的诞生

沙漠惊雷——第一颗原子弹

奥本海默（J. Robert Oppenheimer），美国物理学家，犹太人，领导"曼哈顿计划"，成功制造出世界上第一颗原子弹，被称为美国"原子弹之父"。

1941 年 12 月 6 日，美国正式制定了代号为"曼哈顿"的绝密计划。罗斯福总统赋予这一计划以"高于一切行动的特别优先权"。

1942 年，奥本海默入选一个物理学家团体，评估制造原子弹的可能性。主持美国政府这个"曼哈顿计划"的格罗夫斯将军（Gen. Leslie R. Groves）深为奥本海默的思想和才华所吸引。根据奥本海默的建议，军事当局决定建立一个新的快中子反应和原子弹结构研究基地，这就是后来闻名于世的洛斯·阿拉莫斯实验室。在劳伦斯、康普顿等人的推荐下，格罗夫斯将奥本海默任命为洛斯·阿拉莫斯实验室主任，并选定田纳西州的橡树岭作为铀同位素分离工厂基地。

这个新的实验机构在 1943 年 4 月成立的时候只有几百名科学家，

但是迅即发展成一个拥有六千名专家的"秘密之城"。"曼哈顿"工程在顶峰时期曾经起用了53.9万人，总耗资高达25亿美元。

洛斯·阿拉莫斯素有"诺贝尔奖获得者集中营"之誉，这里集中了大量才华横溢的科学家与工程技术人员。

1945年7月15日凌晨5点30分，在奥本海默领导下，世界上第一颗原子弹试验成功。

1945年8月6日，一架美军的B-29轰炸机在日本广岛扔下第一颗原子弹(代号"小男孩")，原子弹爆炸后的1~2秒钟内，全市40%的地方变成焦土，92%的地方不能辨出原来的面貌，杀死了7万人。三天后，另一颗原子弹(代号"胖子")落在日本长崎，眨眼之间毁坏了三分之一个城市。8月15日，日本宣布无条件投降。

太平洋升起又一个太阳——第一颗氢弹

1945年8月，在广岛和长崎的原子弹爆炸后，苏联的原子弹也爆炸成功。美国政府为了保持核武器的先进地位，从1950年起全面展开氢弹的研制。1952年11月1日，美国在太平洋马绍尔群岛的比基尼岛环礁上试验了第一颗氢弹。这一试验威力惊人，它达到1千万吨TNT炸药的当量，相当于投到日本广岛那颗原子弹威力的800倍。但是当时这颗试验的氢弹，弹身重好几十吨，没有任何飞机能运载它，更安装不到导弹弹头上，所以不具有实战使用意义。

仅9个月后，即1953年8月12日，苏联在北极圈的弗兰格尔岛成功爆炸了一颗氢弹。更惊人的是，苏联的氢弹是由轰炸机空投的，这说明苏联已经完成了氢弹的轻量化,可以用于实战。因此在核军备竞赛中,起步比美国晚的苏联竟然跑到了前头。当时美、苏研制氢弹的竞赛使全世界感到震惊。爱因斯坦曾经说过一句话:假如人类下次战争使用核武器的话,那么再下一次战争就只能使用木棒了。

中国第一颗原子弹爆炸成功

1964 年 10 月 16 日,中国第一颗原子弹在罗布泊爆炸成功。

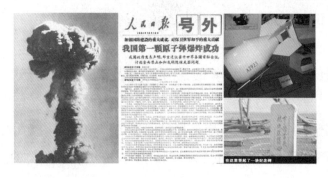

中国第一颗氢弹爆炸成功

1967 年 6 月 17 日,中国第一颗氢弹在罗布泊爆炸成功。其爆炸威力相当于美国当年投到日本广岛那颗原子弹的 150 多倍。

从第一颗原子弹试验到氢弹原理突破,美国用了 7 年多,苏联用了 4 年,英国用了 4 年半,而中国仅用了两年零两个月。

☢ 二、能量的传递——电离辐射生物学效应

电离辐射是指一切能引起物质电离的辐射总称。包括 α 射线、β 射线、γ 射线、X 射线、中子射线等,如生产上测料位用的料位仪、X 射线探伤及测厚仪、测水分用的中子射线、医学上用的 X 射线诊断机、γ 射线治疗机、核医学用的放射性同位素试剂。

1. 电离辐射生物学效应的发现和认识

电离辐射的生物学效应是指核辐射的能量传递给生物机体后发生的一系列变化和反应(包括病理、生理、生化或形态学的变化等)。人们对电离辐射生物学效应的认识差不多是和电离辐射的发现同时起步的。X 线发现后,鉴于此具有很强的穿透力,可以对骨骼进行摄片,三个月后维也纳的一家医院就用 X 线给病人的头颅进行摄片检查,但当时的 X 线球管真空度不够,产生的 X 线比较少,照一张头颅片需要 20 分钟,检查时间比较长,并发现被检查的病人出现脱发现象,这是最早观察到的电离辐射对人体的影响。居里夫人发现放射性镭以后,又发现镭射线会引起皮肤损伤(发红、溃烂)以及后来用镭作发光物的夜光表表盘工厂工人患舌癌等,这些都进一步说明核射线会造成人体组织的损伤,出现各种生理和病理改变,也就是这里所说的生物学效应。

在发现和利用电离辐射的初期,由于缺乏辐射生物学效应和辐射防护的知识,致使某些从事放射工作的人员和一些接受辐射治疗的病人,曾因受到较大剂量照射而发生不同程度的放射反应或放射损伤,严

重的甚至死亡。至此人们才逐渐认识到研究辐射生物学效应和防护措施的必要性。但是,比较全面系统的研究,还是在核能工业出现和1945年美国在日本广岛、长崎投掷原子弹之后。50年代后期,核能民间应用的发展,进一步促进了放射生物学科的发展。放射生物学效应的规律及作用原理,是放射损伤和肿瘤放射治疗的理论基础,也是制定放射防护标准的生物依据。

2. 无处不在——作用于人体的各种电离辐射源

天然辐射源
(1)宇宙射线。
(2)环境介质中的天然放射性核素。
(3)人体内的天然放射性核素。

人工辐射源
(1)职业照射。
(2)医疗照射。
(3)人工环境本底照射。
(4)事故和灾害性照射。

核事故分为7级,类似于地震级别,灾难影响最低的级别位于最下方,影响最大的级别位于最上方。最低级别为1级核事故,最高级别为7级核事故。但是相比于地震级别来看,核事故等级评定往往缺少精密数据评定,往往是在发生之后通过造成的影响和损失来评估等级。所有的7个核事故等级又被划分为2个不同的阶段。最低影响的3个等级被称为核事件,最高的4个等级被称为核事故。

生活中的辐射

全人类集体辐照剂量中,3/4 来自自然界。约 1/5 来自医疗及诊断,核电的份额是 1/400。假定全球人类的预期寿命为 60 岁,则每天抽一包烟将减寿 7 年,而核电的影响是减寿 24 秒。

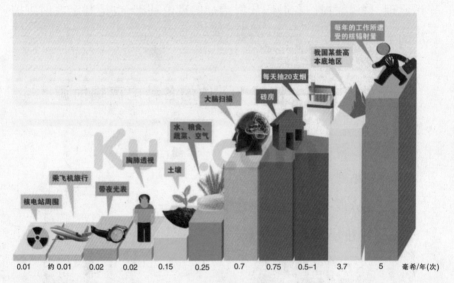

0.01　约 0.01　0.02　0.02　0.15　0.25　0.7　0.75　0.5-1　3.7　5　毫希/年(次)

毫希弗:辐射剂量的基本单位之一。一次小于 0.1 毫希弗的辐射,对人体无影响。一次性遭受 4000 毫希弗会致死。

3. 电离辐射生物学效应的发生机制

一般认为,从机体吸收辐射能到产生生物变化(如功能的改变、细胞损伤或死亡等)要经历几个性质不同而又相互联系的阶段,即物理阶段、物理—化学阶段、化学阶段和生物学阶段。

其中前三个阶段又称电离辐射的原发作用过程, 可在极短的时间内完成。而后一阶段又称为电离辐射的继发作用过程,可延续至数天、数月、数年甚至更长时间。在这期间,一方面由于射线的作用引起机体的一系列损伤,另一方面机体又在不断地进行修复。这两种相反过程的

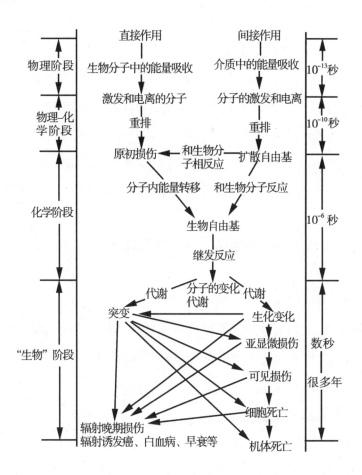

消长和变化,决定电离辐射生物效应的转归。

机体获得射线能量后主要通过直接作用和间接作用引起机体生物大分子(核酸、蛋白质)出现表达或功能障碍,进一步出现各种改变。

直接作用:是指电离辐射直接作用于具有生物活性的大分子,如核酸、蛋白质等,使其发生电离、激发或化学键断裂而造成分子结构和性质的改变,引起正常功能和代谢作用的障碍。比如:DNA、酶、膜系结构等。

间接作用:是指电离辐射作用于体液中的水分子(机体内水占体重的70%),引起水分子的电离和激发,形成化学性质活泼的不稳定的自由基(如 H、OH),再作用于生物大分子,而发生一系列变化。

直接作用和间接作用只是射线能量传递的途径不同，两者所造成的大分子损伤在本质上没有区别。

电离辐射的能量沉积是一个随机过程。如果在细胞内的关键部位沉积足够的能量，就有可能损伤细胞。损伤的细胞若不能得到及时而充分的修复，就会妨碍细胞的存活或增殖，或产生一个虽能存活但业已改变的细胞。这两个结果对机体的影响是完全不同的。前者可导致确定性效应的发生，而后者可导致随机效应（致癌效应和遗传效应）的发生。

4.影响电离辐射生物效应的因素

影响电离辐射生物效应的因素比较复杂，一般可归结为与辐射有关的因素、与受照机体放射敏感性有关的因素以及与环境有关的因素三个方面。生物效应的大小是各方面因素综合作用的结果。

与辐射有关的因素

（1）照射剂量与剂量率：在条件相同的情况下，一般认为在一定的剂量范围内机体受照剂量与剂量率越大，产生的生物效应越严重。吸收剂量是决定生物效应大小的基本依据。

（2）照射方式及射线的种类：照射的方式分为内照射和外照射两种。内照射是指放射性核素或放射性物质进入体内，在体内发射出射线对机体进行的照射。外照射是指放射性核素或放射源在体外，机体受其发射出的射线照射。由于不同的射线具有不同的电离能力和穿透能力，因此产生的生物效应也不相同，就一种射线而言，在不同的照射方式下产生的生物效应也不一样。

（3）照射次数与照射面积：在相同的剂量条件下，分次照射和单次照射产生的生物效应不同，照射次数分的越多，间隔的时间越长，引起的生物效应越轻。在相同的剂量条件下,受照的面积愈大,生物效应也就愈明显;全身照射比局部照射的危害大得多,这主要是由于机体造血系统受到严重损害的缘故。相同剂量的同种射线,分隔的次数愈多,时间间隔愈长,生物效应就越轻,其原因与机体的代偿和修复过程有关。

不同剂量对人体损伤的估计

剂量(Gy)	损伤程度
<0.25	不明显和不易觉察的病变
0.25~0.5	可恢复的机能变化,可能有血液学的变化
0.5~1.0	机能变化、血液变化,但不伴有临床征象
1.0~2.0	轻度骨髓型急性放射病
2.0~4.0	中度骨髓型急性放射病
4.0~6.0	重度骨髓型急性放射病
6.0~10.0	极重度骨髓型急性放射病
10.0~50.0	肠型急性放射病
>50	脑型急性放射病

总剂量相同,照射次数不同时大白鼠的死亡率(每天照一次)

照射方式	一次照射剂量	照射次数	照射总剂量(Gy)	死亡率(%)
一次照射	10	1	10	100
分次照射	1	10	10	90
分次照射	0.5	20	10	30

与受照机体放射敏感性有关的因素

(1)生物种系:不同种系的生物其放射敏感性不同,种系进化越高,机体组织结构越复杂,其射线的敏感性越高。多细胞生物比单细胞生物敏感,哺乳类比鸟类、鱼类、两栖类敏感性高。人类对射线最敏感。

机体组织的放射敏感性分类

	高　度	中　度	低　度
组织	淋巴组织	性腺	骨
	胸腺	胃肠上皮	肌肉
	骨髓	皮肤	结缔组织
		眼	
细胞	淋巴细胞	生殖细胞	软骨细胞
	胸腺细胞	小肠隐窝上皮细胞	成骨细胞
	原始红细胞	成纤维细胞	肌细胞
	原始粒细胞	皮脂腺、汗腺细胞	结缔组织细胞
	幼稚粒细胞	角膜晶体细胞	
	巨核细胞		

（2）生物个体：在同一种系中个体敏感性不同，而个体在不同的发育阶段敏感性也有差异，一般是随着个体的发育生长，其放射敏感性逐渐降低，如胚胎期较胎儿期敏感，幼年、青少年比成年敏感。所以怀孕期妇女和儿童尽量避免做射线检查。

（3）同一个体的不同器官、组织和细胞放射敏感性各异：一般认为，代谢旺盛的细胞较代谢不旺盛的细胞、分裂活动旺盛的细胞比不旺盛的细胞敏感，胚胎及幼稚细胞较成熟细胞敏感。除上述因素外，受照时机体状态对引起的生物效应也有一定影响。由于肿瘤细胞分裂增殖旺盛，对射线非常敏感，我们可以用射线治疗肿瘤。

（4）亚细胞及分子水平的辐射敏感性：同一细胞不同亚细胞结构的辐射敏感性有很大差异，依次为：DNA＞mRNA＞rRNA＞tRNA＞蛋白质。DNA是对射线最敏感的生物大分子，DNA是射线作用的靶分子。

与环境有关的因素

比如温度增高，效应增大，相反则降低；氧气浓度增大，效应增大；某些激素或药物（如螺旋藻）对辐射有抗辐射作用，称为辐射保护剂；还有一些能起增强的作用，称为辐射增敏剂。

三、把孙悟空关进炼丹炉——反应堆与核电站

1. 反应堆的原理

链式反应：链式反应最初从原子核的裂变反应中发现。当一个中子轰击一个重核（例如铀235），重核吸收中子分裂成两个质量较小的原子核，同时释放出2-3个中子。这种裂变过程产生的中子又去轰击其他的重核，引起新的裂变反应。如此持续进行的过程称为裂变的链式反应。

反应堆：为了维持链式反应持续稳定地进行，人们设计了一种控制装置——核反应堆（nuclear reactor），简称反应堆。在反应堆中，有规则地摆放着燃料组件，如铀棒（主要核裂变原料为铀235）。燃料组件"燃烧"（链式反应）产生大量的热

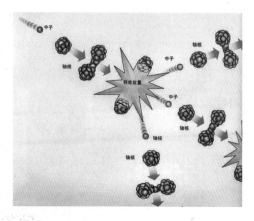

量。为了避免反应堆过热而烧毁，设置了冷却系统（循环水等）。冷却系统带走热量，再经过能量转换可以使水变成水蒸气，推动汽轮机发电。同时，链式反应中的中子需要减速，有慢化剂；核反应堆工作状态要处在可控状态，便设置了控制系统；裂变产物有强的放射性，会对人造成伤害，设置了可靠的防护系统。因此，反应堆是一种装配了核燃料以实现可控的核裂变的装置。核燃料的"燃烧"是可以精确控制的，其能量的释放是缓慢的。反应堆主体周围有安全壳（一般为钢板加厚钢筋混凝土墙），以防放出的中子和伽马射线伤害工作人员。

2. 反应堆的燃料

这是指在反应堆中受中子作用产生核裂变反应并释放中子和热量的一种材料。作为燃料"烧掉"的是 3 种可裂变核素铀 233、铀 235 和钚 239 中的一种或其混合物。目前广泛使用的核燃料是铀。天然铀中铀 235 的含量只占 0.71%，需要通过扩散、离心、激光等方法将天然铀中的铀 235 和铀 238 分离，提供铀 235 含量比天然铀比例更高的浓缩的铀燃料。另两种可裂变核素是在反应堆中人工生产的。核燃料的应用形式有作为固体燃料的纯金属、合金、化合物（特别是钠的氧化物和碳化物）以及作为液体燃料的水溶液、液态金属溶液和悬浮物。对固体燃料来说，为了包容裂变产物和防止核燃料的氧化和腐蚀，采用金属或石墨包壳将燃料包覆起来。这种燃料称为芯体。一组用合金包覆的燃料元件（形式可为棒状、片状和环状）可装配成组件，元件之间的定位部件称为定位架。目前运行的压水堆、沸水堆、重水堆都采用这种燃料组件。用石墨包覆的核燃料颗粒与石墨混合，压制成球形或棱柱形燃料元件，可用于高温气冷堆。

3. 反应堆废料及其处理

反应堆废料主要指乏燃料，它是核反应堆"烧"剩下的"煤渣"，其中含有约 1% 的铀 235，以及碘 131、铯 137 等具有放射性的大量裂变碎片。核电站运行时，每年核反应堆都会更换一定比例的燃料棒，以保持持续的能量输出，而更换下来的乏燃料棒，就会存储在厂房里的衰变池中，淹没在几米深的水下，水体不断循环，以带走其衰变热。经过冷却过后的乏燃料，仍然具有很强的放射性，需要妥善处理。目前，国际上的通用方法是"地下埋藏"。美国政府一直采取地下掩埋的措施来处理核废料。在内华达州北部的丝兰山脉,已有 1.1 万个 30—80 吨的处理罐被埋在地下几百米深处的隧道里。

为了更安全、更长久地掩埋核废料,世界其他国家都在开发新技术,以减少核废料对环境的危害。高放射性的核废料也可以进行"再处理",从核废料中回收可进行再利用的核原料,包括提取可制造核武器的钚等。

4. 反应堆与原子弹的区别

在原子弹中,铀 235 纯度达 90% 以上,这样高纯度的铀 235 是很难得到的。因为在天然铀中,铀 238 占 99.3%,而铀 235 只占 0.7%。要使铀 235 达到 90% 以上的浓度,必须要用大量的气体离心分离机才能将它们分离,因为铀 235 和铀 238 原子系数只差 3 个,质量上差别很小,要分离它们很不容易。原子弹爆炸时,核反应是无序的、不受控制的链式反应,有倍增过程,整个裂变在百万分之一秒内发生,瞬时释放大量的能量,造成威力巨大的核爆。

与原子弹不同,在反应堆中,核燃料铀 235 纯度只有 3% 到 6%,只有持续的链式反应, 没有倍增过程。虽然裂变过程会释放 2 或 3 个中子,但平均只有 1 个会打击另一个核,触发另一个裂变,所以反应不会加速。能量以不变的速率释放出来,将水加热,产生蒸汽,用于发电等。

即使链式反应失控,反应堆也不会像原子弹那样爆炸。因为铀 235 的浓度只有 3%–5%,核燃料中存在大量的铀 238,铀 235 裂变反应放出的中子,会被铀 238 吸收,如果不缓冲中子,链式反应就会停下来。

遇到地震、海啸等特殊情况时,反应堆的控制装置会自动阻断核燃料燃烧,反应堆的链式反应立即停止。但大量放射性核素留在反应堆的堆芯,还会继续通过衰变释放能量,如果没有冷却水,这些放射性足以

使堆芯越来越热,直至熔化。因此,如果冷却系统出了问题,大量的热量得不到及时转移,就有可能发生意外,甚至爆炸。但是,反应堆绝对不可能发生像原子弹那样的核爆炸。切尔诺贝利的事故是由于大量的压力积攒,氢气爆炸摧毁了所有的护罩,将大量的熔化的核心喷洒到了外界(就像一颗"脏弹")。福岛核电站的爆炸也是热量积聚导致的氢气爆炸,而不是链式反应引起的核爆。

5. 核电站工作原理及类型

核电站是靠反应堆提供能量、加热冷却剂、产生蒸汽,推动汽轮机带着发电机一起工作。以压水堆为例,在核电站内部,核燃料被制成一定几何形状的燃料元件。燃料元件被安装在燃料棒中,燃料棒被组装成燃料组件。燃料组件浸泡在压力容器中。压力容器中的水起冷却作用。

为使反应堆工作,浸泡在水中的燃料组件必须处于稍微超临界状态。也就是说,如果没有其他设备,燃料组件会过热熔化。为防止这种情况发生,由吸收中子的材料制成的控制棒通过升降装置插入到燃料组件中。通过升降控制棒来控制核反应的程度。当希望获得更多的热量时,可将控制棒从燃料组件中移出一些,反之则移入一些。在发生事故或者更换燃料时,控制棒会完全插入燃料组件中以终止核反应。

燃料组件是一个能够产生极高能量的热源。它对冷却剂进行加热并将其转化为蒸汽。蒸汽推动蒸汽轮机,而汽轮机则带动发电机来发电。在某些反应堆中,反应堆产生的蒸汽通过二级中介热交换装置将另一个回路的水加热为蒸汽来转动汽轮机。这种设计的好处是放射性的水或者水蒸汽不会接触到汽轮机。同样,在某些反应堆中,与反应堆堆芯接触的冷却流体是气体(如氦气)或者液态金属(如钠或钾),这种类

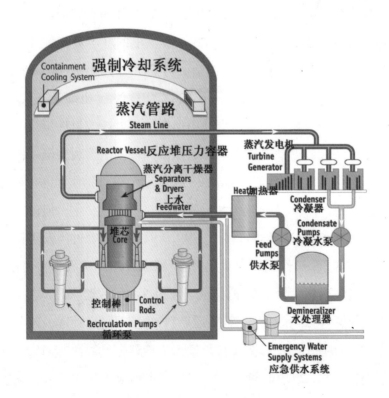

型的反应堆允许堆芯在更高的温度下工作。如果除去核反应堆,核电站和火电站除了生成蒸汽的热源不同外差异很少。

核电站的种类很多。目前,商业化运行的核电站主要有压水堆核电站、沸水堆核电站、重水堆核电站以及石墨气冷堆核电站。我国建成和在建的绝大部分核电站是压水堆核电站。

6. 核电站的安全与防护措施

核能有诸多优点,但核电站的事故后果是十分严重的,因此核电站的安全和防护受到人类的特别重视,不同类型的核电站防护方法不尽相同,但至少都设置了三层以上的防护屏障。

第一层屏障为燃料包壳,燃料包壳包裹着核燃料,能够阻挡大部分的反射性产物;第二层屏障为一回路压力边界(即压力容器与一回路管道),防止放射性气体或液体泄漏,其中反应堆的堆芯被安装在一个钢制密闭容器——压力容器中。压力容器外部由钢筋混凝土建筑保护,它的强度能够承受喷气式飞机的撞击,称之为安全壳,也即第三层屏障。安全壳结构对防范如在三里岛事故中那样的辐射或放射性蒸汽的泄漏是有效的——无放射性物质泄漏。前苏联的切尔诺贝利核电站由于没有安全壳结构,最终导致了严重事故——大量放射性物质泄漏。福岛核电站设计了三层防护,地震发生后,堆芯链式反应被终止。但由于海啸摧毁了冷却系统,堆芯余热转移不出去,从而导致温度过高发生锆水反应产生大量氢气,操作人员为减压降温,将大量蒸汽排放到厂房内(安全壳外),氢气遇氧发生了爆炸,造成了放射性物质的泄露。

除反应堆外,卸下来的核废料(乏燃料)也需要特殊处理。这些核废料含有约1%的铀235,以及碘131、铯137等具有放射性的物质。刚从反应堆中卸下来,裂变虽然停止了,但衰变仍然在不断地发生并释放热量，整个过程需要几十天,甚至更长时间。因此,从反应堆中取出的乏燃料需要放在注满水的衰变池中,封在水面下。正常情况下,不会有任何问题。除非冷却系统发生故障，长时间无法工作,造

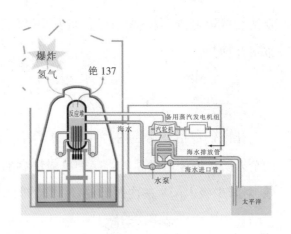

成衰变池干涸,乏燃料暴露在空气中,释放辐射。经衰变池彻底冷却的乏燃料可以进行再处理或封存。

7. 核电站对周围环境的影响

核电是高效、洁净、安全的能源,核电站运行对周围居民的辐射影响,远远低于天然辐射,可以说微乎其微。大亚湾核电基地 10 千米半径范围内的 10 座监测站的监测数据表明,核电站的环境放射性水平与运行前的本来数据相比没有发生变化。至于核电站三废处理,核电站产生的废物量很少,仅为同等规模火电厂的十万分之一。核电站三废排放的原则是尽量回收,把排放量减至最少。核电站内固体废物完全不向环境排放,放射性活度较大的液体废物转化成固体废物也不排放。像工作人员淋浴水之类的低放射性废水经过处理、检验合格后排放。气体废物经处理和检测合格后向高空排放。

8. 核电事故处理及应急措施

在核电厂发生异常或故障的情况下，为避免和减少工作人员和公

众遭受核辐射,根据事故情况和照射途径采取适当的防护措施,主要有以下几种:

隐蔽

让人们停留在房屋内,关闭门窗,关闭通风系统,再采取简易必要的个人防护措施。隐蔽对于防护放射性烟羽和地面沉积外照射非常有效,对减少吸入产生的内照射也有一定的效用。隐蔽也是场外应急状态时的首要采取措施。

服用稳定性碘片

服用稳定性碘片,可以阻断人体对放射性碘 131 的吸收,其原理是让稳定性碘在甲状腺中呈饱和状态,则放射性碘就不能为甲状腺所吸收,从而排出体外。在吸入放射性碘前 6 小时之内或吸入放射性碘同时服药,防护效果在 90% 以上;吸入放射性碘 6 小时后服药,只有 50% 的效果;12 小时以后服药已经无效。服用量是按成人在最初 24 小时服用一片(相当于 100 毫克碘当量),一天后服用半片(相当于 50 毫克当量),连续服用 7—10 天,总量不超过 1 克为准。儿童减半,婴儿再减半。

食物和饮水控制

对放射性污染的水和食物进行控制,叫做食物和饮水控制。

对污染的水和食物进行控制是事故中后期(特别是后期)针对食入照射途径采取的防护措施,以

控制或减少污染的水和食物产生的内照射剂量。

在事故情况下，有关部门将安排对可疑区环境中的各种食物及饮用水进行采样和测量分析，一旦发现超过控制标准就立即进行食物和饮用水控制。此时，公众对控制区范围内食品和饮用水应该不采收、不食用、不销售、不运输。

出入通道管制

这是在核事故场外应急时必须采取的应急措施，主要是控制人员、车辆、船只进出受事故影响的地区，以防止或减少污染扩散。

国际核事故等级体系（INES）的总体描述

级别	人体健康与环境	设备和控制	安全系统
7级 重大事故	放射性物质大量泄漏，造成严重和广泛的健康和环境后果，需要进行大规模的有计划的应对措施		
6级 严重事故	放射性物质大量泄漏，可能需要进行大规模的有计划的应对措施		
5级事故 （具广泛后果）	放射性物质出现一定程度的泄漏，可能需要进行部分有计划的应对措施；辐射事故造成数人死亡	反应堆核芯严重损坏；反应堆建筑内部大量放射性物质外泄，具有渗入环境的严重风险；可能由严重事故或火灾引起	
4级事故 （具局地后果）	放射性物质出现泄漏，但没有达到需要采取有计划应对措施的程度，只需进行局地食物控制即可；辐射事故造成至少一人死亡	核燃料棒熔化或损坏，导致超过0.1%的放射性燃料外泄；反应堆建筑内部大量放射性物质外泄，具有渗入环境的严重风险	
3级 严重事件	工人的年辐射剂量超过法定标准10倍以上；出现非致命性辐射损伤，如辐射灼伤	在操作区出现每小时1希弗以上的剂量；出现超出设计控制范围的严重污染；没有渗入环境的危险	几乎造成事故，完全体系崩溃；高放射性辐射源丢失或失窃；辐射源分发失误，或没有采用合适的处理方法和设备
2级 事件	有民众受到超过10毫西弗以上剂量的辐射；有工人受到超过年法定剂量的辐射	在操作区出现每小时50毫希弗以上的剂量；在核设施内部出现超出设计控制范围的严重污染；没有渗入环境的污染	安全体系严重失灵，但没有造成实际后果；发现高放射性辐射源、设备或运输包，但安全体系完好；高放射性辐射源未按要求封装
1级 故障			至少一名民众受到超过年法定剂量的辐射；安全体系部件出现问题，但整体安全措施仍然有效；低放射性辐射源丢失或失窃

撤离

根据气象条件，当估算和测量到某区域范围内的公众受到外照射剂量可能超过应急控制标准，可以组织公众暂时撤离该地区，避免或减少烟羽外照射、地面沉积外照射和吸入内照射给公众带来的严重危害。

去污

采用各种手段去除污染物的放射性污染，以减少对人员的照射剂量，并使污染地区可以使用。

核事故场外应急时，采取什么样的防护措施，是由事故的早中晚期核电厂释放的放射性物质对公众的不同的照射途径决定的。

9. 我国核电发展情况

1955 年，我国开始核反应堆研究，经过 50 多年的发展，已经建立了比较完善的核工业体系。我国核电起步于 20 世纪 80 年代初，主要是引进国外先进技术，重点发展压水堆核电站。1984 年和 1987 年先后兴建浙江秦山核电站和广东大亚湾核电站。随后又建成秦山 2、3 期，岭澳、田湾 4 座核电站。核电的发展极大地缓解了广东、浙江等东南沿海经济发达地区电力紧张的局面。

从 2005 年中央提出"积极发展核电"方针到 2007 年国务院颁布《核电中长期发展规划(2005–2020 年)》，核电取得了较快的发展。到 2010年建成 2 台新的核电机组，投入商运的核电机组增至 13 台，总装机容量达到 1080 万千瓦，占世界核电总装机容量(3.75 亿千瓦)的 2.88%；2010 年我国新开工建设 10 台核电机组，在建核电机组数达到 28 台，总装机容量为 3097 万千瓦，占全球在建核电总规模的 40%以上。

目前在建的 28 台机组在"十二五"期间将陆续建成,届时我国投运核电总装机容量将超过 4000 万千瓦。尽管福岛核电事故给核电站发展带来了一些影响,但从调整能源结构、加快新能源开发的要求来看,核电都需要进一步发展。目前我国核电从研究设计到工程管理、从设备制造到现场施工,能力和水平显著提升;天然铀供应和核燃料保障工作得到加强;核电企业内部资源整合力度加大,人才迅速成长。总体上看,各方面条件日臻完善,为核电发展提供了有力保障。

我国核电站分布及概况

下面列举的是已建成和在建的核电站,不包括规划建设的核电站。

秦山核电站

秦山核电站地处浙江省海盐县。一期工程,采用中国 CNP300 压水堆技术,装机容量 1×30 万千瓦,设计寿命 30 年,综合国产化率大于70%,1985 年 3 月开工建设,1991 年 12 月并网发电,1994 年 4 月投入商业运行,1995 年 7 月通过国家验收。二期工程及扩建工程,采用中国CNP650 压水堆技术,装机容量 2×65 万千瓦,设计寿命 40 年,二期工程综合国产化率约 55%,二期扩建约 70%,1 号、2 号机组先后于 1996年 6 月和 1997 年 3 月开工,分别于 2002 年 4 月、2004 年 5 月投入商业运行。3 号、4 号扩建机组于 2006 年 4 月 28 日开工,3 号机组已建成投产,4号机组力争2011年年底投产。秦山三期核电站采用加拿大成熟的坎杜6重水堆技术(CANDU6),装机容量2×728兆瓦,设计寿命40年,综合国产化率约55%,1号机组于2002年11月19日并网发电,2号机组于2003年6月12日并网发电。

大亚湾核电站

大亚湾核电站位于广东大亚湾,采用法国M310压水堆技术,装机容量2×98.4万千瓦,设计寿命40年,综合国产化率不足10%,1987年8月7日工程正式开工,1994年2月1日和5月6日两台反应堆机组先后投入商业营运。

岭澳核电站

位于广东大亚湾西海岸大鹏半岛东南侧。一期工程,采用中国CPR1000压水堆技术,装机容量2×99万千瓦,设计寿命40年,综合国产化率约30%。1997年5月开工建设,2003年1月全面建成投入商业运行。二期工程,采用中国改进型CPR1000压水堆技术,装机容量2×100万千瓦,设计寿命40年,1号和2号机组综合国产化率分别超过50%和70%,2005年12月开工建设,两台机组计划于2010年至2011年建成投入商业运行。三期工程,采用中国改进型CPR1000压水堆技术,装机容量2×100万千瓦,设计寿命40年,正在建设中。

田湾核电站

位于江苏省连云港市连云区田湾,规划建设4台百万千瓦级核电机组,并留有再建2至4台的余地。一期工程,采用俄罗斯AES-91型压水堆技术,装机容量2×106万千瓦,设计寿命40年,综合国产化率约70%。1999年10月20日正式开工,分别于2007年5月和2007年8月正式投入商运。二期工程3号和4号机组的建设已启动,单机容量均为100万千瓦。三期工程5号和6号机组的建设已启功,采用中国二代加CPR1000压水堆核电技术。

红沿河核电站

位于辽宁省大连市瓦房店东岗镇,规划建设 6 台机组,采用中国改进型 CPR1000 压水堆技术,单机容量 100 万千瓦,设计寿命 40 年,综合国产化率约 60%,1 号机组于 2007 年 8 月正式开工,至 2012 年建成投入商业运营,目前在建中。

宁德核电站

规划建设 6 台机组,采用采用中国改进型 CPR1000 压水堆技术,单机容量 100 万千瓦,设计寿命 40 年,综合国产化率约 75%以上,1 号机组于 2008 年 2 月开工,1、2 号机组计划于 2013 年左右建成投入商业运行。

阳江核电站

规划建设 6 台百万千瓦级机组,投资达 80 亿美元,一期工程于 2006 年正式动工,目前在建中。

三门核电站

位于浙江南部,一期工程建设 2004 年 7 月获得国务院批准。全面建成后,装机总容量将达到 1200 万千瓦以上,超过三峡电站总装机容量。一期工程总投资 250 亿元,将首先建设两台目前国内最先进的 100 万千瓦级压水堆技术机组。

方家山核电站

方家山核电工程是秦山一期核电工程的扩建项目,工程规划容量为两台百万千瓦级压水堆核电机组,采用二代改进型压水堆技术,国产化率达到 80%以上,预计两台机组分别在 2013 年和 2014 年投入商业运行。

咸宁核电站

咸宁核电站于 2009 年全面启动建设,采用非能动型压水堆核电技术。该核电技术是目前唯一通过美国核管理委员会最终设计批准的第三代核电技术,是全球核电市场中最安全、最先进的。

10. 人造小太阳——国际核能发展状况

截至 2011 年 1 月 19 号,全球 30 个国家和地区共建立了 442 座核能发电机组,总装机容量约为 3.75 亿千瓦。其中美国是世界上核电站最多的国家,拥有 104 座,核电占该国总发电量的比例为 19%。法国是仅次于美国的全球第二大民用核大国,虽然拥有的核电站数量只将近美国的一半,但全国 80% 左右的电力都由核电供应。全世界在建核能发电机组的总装机容量约为 0.63 亿千瓦。有机构预计,到 2030 年,世界核电站总数将达到 1000 座,核发电量将占总发电量的三分之一。由于资源丰富,成本低廉,再加上安全、无污染以及能量巨大,有人将核能称之为 21 世纪最理想的"长寿"能源。展望未来,为了满足人类的长远能源需求,发展可控核聚变技术是必由之路。人造小太阳——可控核聚变必将成为现实。

四、医学现代化的标志——核技术在医学上的应用

1. 概述

核辐射在发现之初,就被应用到人体。1896年伦琴发现X射线后就用X射线拍摄了维尔茨堡大学著名解剖学教授克利克尔一只手的照片,成为轰动一时的新闻。随后X射线在医学诊断(包括口腔)和放射治疗上迅速得到广泛应用。贝可勒尔发现自发放射现象、居里夫妇发现钋和镭,以及随后人工放射性的发现,为放射性核素在医学诊断、治疗上的应用创造了条件。目前,医学上最高级的影像设备PEC/CT就是放射性核素在医学诊断中应用的最杰出代表,它可以在活体状态下,通过了解人体葡萄糖代谢的情况来判断是否有肿瘤存在。

核辐射在医学上的应用十分广泛,包括X射线的应用和放射性核素的应用。医院里放射科的X线透视机、X线摄片机、CR、DR、CT、DSA与放射治疗科里的加速器、X刀等均使用X射线。核医学科的放射免疫分析、SPECT、PET/CT、核素内介入治疗、敷贴治疗及放射治疗科的^{60}Co治疗机、γ刀等均使用放射性核素。核辐射在医学上的应用学科交叉十分繁杂,学科间相互渗透日渐明显。

放射科、放射治疗科(亦称肿瘤放疗科)早已广为人知,核医学科对许多人则相对较为陌生,在此略作介绍。

核医学是核技术在医学上应用的一门科学,包括放射性核素及核射线诊断疾病、治疗疾病及其理论研究。涉及核物理、核仪器、计算机、放射性药

当心电离辐射

物、分子生物学、基础医学和临床医学等多学科。

　　为避免到医院就诊的患者接受不必要的照射，在放射诊疗场所，应悬挂醒目的放射性提示牌。

2. 诊断

影像学诊断

　　核辐射在医学影像学上的应用分为两大类，即 X 线成像与放射性核素显像。

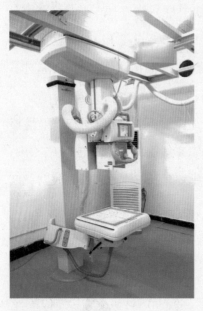

　　X 线成像是以 X 线穿过人体组织所造成的衰减梯度为基础，可通过观察组织密度的变化，诊断疾病。包括 X 线透视与摄片、CT、DSA 等。

　　放射性核素显像是将放射性药物（放射性核素及其标记化合物）引入体内（口服、注射、吸入等方式），选择性地分布于特定的器官或组织，在体外经核探测设备获取放射性药物在体内分布情况及量变规律，从而了解器官或组织的形态、位置、大小和功能状态，诊断疾病，是动态、定量的功能影像学检查方法。主要设备有核素扫描机、γ 照相机、SPECT、PET。前两者已逐渐被后两者所取代。

检验学诊断

　　检验学诊断是以放射免疫分析为代表的一系列标记免疫分析技术，是将标记示踪技术的高灵敏性和免疫学反应的高特异性相结合的一种超微量分析技术。其中最主要的方法有：放射免疫分析、酶联免疫分析、化学发光分析、时间分辨荧光分析、酶放大荧光分析、偏振荧光分析和电化学发光分析等。目前的检测限已达 10^{-21}g/L。可以评估人体的内分

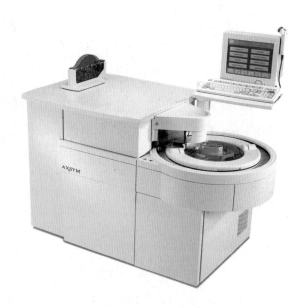

泌激素水平,可发现早期肿瘤组织的存在。肉眼可发现 10～100 g 肿瘤组织(10^{10}～10^{11} 个细胞),影像学检查可发现 1 g 肿瘤组织(10^{9} 个细胞),标记免疫分析可发现 0.001 g 肿瘤组织(10^{6} 个细胞)。

目前标记免疫分析可以检测的项目达 400 余种。

由于大多数肿瘤标志物缺乏特异性,良、恶性病变均可致其异常,因此,其升高不一定都是表示恶性肿瘤存在。另外,有些确诊为恶性肿瘤患者,其肿瘤标志物尚在正常范围,这可能与其产生肿瘤标志物水平较低或基因不表达有关。因此,对肿瘤标志物检查结果要正确分析,动态检测的临床意义更大。尽管临床上对高危人群体检中也能发现早期恶性肿瘤患者,但肿瘤标志物的检查结果在诊断中只能辅助诊断价值,应结合临床及其他检查综合判断。

3. 治疗

核辐射在医学治疗上应用非常广泛,它是利用放射线(如放射性核素产生的 α、β、γ 射线和各类 X 射线治疗机或加速器产生的 X 射线、电子线、质子束及其他粒子束等)治疗疾病的一种方法,是恶性肿瘤治疗的主要方法之一。

射线治疗

肿瘤放射治疗(简称放疗)就是用放射线治疗癌症。当今放射治疗已是恶性肿瘤局部治疗的重要方法,约 70%的癌症在治疗过程中需用放疗,40%的癌症可以用放疗实施根治。

放射治疗的主要设备有:X 线治疗机(X 线治疗机 10 kV ~ 60 kV、浅层 X 线治疗机 60 kV ~ 160 kV 和深部 X 线治疗机 180 kV ~ 400 kV)、医用加速器等。X 线治疗机由于能量低、穿透力弱、皮肤受量大,现已逐渐被医用加速器所取代。医用加速器有电子感应加速器和电子直线加速器两种,以后者应用最多、技术发展最快。

放射性核素治疗

核素治疗是利用放射性核素发射出的核射线进行治疗。射线作用于组织细胞将其能量部分或全部交给组织,产生一系列电离辐射生物效应。通过辐射能的直接和间接作用,使机体生物活性大分子的结构和性质遭受损害,导致细胞繁殖能力丧失、代谢紊乱失调、细胞衰老或死亡。核素治疗是临床核医学的重要组成部分,是现代治疗学的一个重要分支。由于核素治疗具有安全、经济、疗效满意、并发症少、为患者乐于接受等优点,近年来发展迅速。核素治疗的项目涉及各个器官、系统,几乎在临床各科均有应用。

内介入治疗

核素内介入治疗是
将放射性药物介入人体
内，经组织代谢导入或
直接注入靶器官或组
织，利用放射性核素发
射出的核射线治疗疾病
的方法。

常用的核素内介入
治疗有 ^{131}I 治疗甲亢、骨转移癌镇痛治疗(^{153}Sm、^{89}Sr)、^{131}I 治疗甲状腺癌、
^{125}I 粒子植入治疗。

外照射治疗

^{60}Co 治疗：钴 60 治疗以其穿透力强，皮下反映轻，骨与软组织吸收
量相等、旁向散射少及经济可靠为主要特点，在放疗中占有重要位置，
是治疗恶性肿瘤的重要手段之一。但随着加速器技术的快速发展，而逐
渐被取代。

γ 刀：γ 刀(伽马刀)并不是真正
的手术刀，而是一种先进的放射治疗
设备，其全称是立体定向伽马射线放
射治疗系统。它是将钴 60 发出的伽马
射线从不同的角度和方向透过人体，
并使它们都汇聚于一点(靶点)，在局

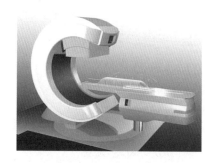

部达到致死性剂量，摧毁靶点内的组织。由于其照射野边缘剂量锐减，
治疗照射范围与正常组织界限非常明显，如刀切一般，故称之为"伽马
刀"。是一种融合现代计算机技术、立体定向技术和外科技术于一体的

放射治疗设备。

伽马刀分为头部伽马刀和体部伽马刀。头部伽马刀是将多个钴源安装在一个球形头盔内，头盔内射出 201 条钴 60 高剂量伽马射线，使之聚焦于颅内的某一点——靶点，形成致死剂量来摧毁病灶，主要用于颅内小肿瘤和功能性疾病（如癫痫灶）的治疗。体部伽马刀可用于治疗全身各种肿瘤。

核素敷贴治疗：临床常用于治疗毛细血管瘤、神经性皮炎、疤痕疙瘩、慢性湿疹、牛皮癣、急性疖肿等。

4. 碘与核辐射

核辐射突发事件发生后，在其落下灰中含有大量放射性碘，放射性碘被人体摄入集中在甲状腺内，会使其受到较大剂量的照射。切尔诺贝利核事故的经验教训表明，放射性碘是最大的伤害因素，该事故造成年龄在 0 ~ 18 周岁的人群发生甲状腺癌病例超过了 5000 例。因此，在发生核辐射突发事件后，适当服用稳定性碘可有效阻断放射性碘在甲状腺内的沉积。服碘应在专家指导下进行，滥服碘片，有害无益。

碘的同位素有许多种，如 ^{123}I、^{125}I、^{127}I、^{131}I 等，其中 ^{127}I 为稳定性碘，^{123}I、^{125}I、^{131}I 为放射性碘。

碘——人体必需的微量元素

稳定性 ^{127}I 可以多种形式存在，如碘酸钾、碘化钾等。

成人日需碘量

成人每人每日需碘量为 100 ~ 150 μg，WHO 推荐为 140 μg。碘作为人体必需的微量元素之一，主要来自食物，少量来自水和空气。在非缺碘地区，健康人在正常的饮食中所摄取的碘已完全可以满足人体需求。

在缺碘地区，饮食中所含的碘不能满足人体需求，需要食用碘强化食品。我国是碘缺乏危害十分严重的国家,涉及地域广,威胁人口多,特别是对新婚育龄妇女、孕妇、婴幼儿的危害更为突出,尤其在山区。在普遍推行食盐加碘后,碘缺乏病的发病率已逐年降低。

常见食物中的碘含量

食物	μg/100 g	食物	μg/100 g
海带(干)	24000	鸡蛋	9.7
碘盐	3500±1500	菠菜	8.8
紫菜(干)	1800	带鱼(鲜)	8.0
发菜(干)	1180	葡萄	6.3
淡菜	1000	枣	6.3
海参(干)	600	银鲳(鲜)	6.0
蚶(干)	240	玉米	3.3
蛤	240	牛奶	2.8
龙虾(干)	60	大豆	1.5~2.1
蓝圆鲹(鲜)	18	甜薯	0.9~2.4
山药	11.6~14.0	稻米	1.4
柿子	12.1	小米	0.8
黄花鱼(鲜)	12	小麦	0.7
大白菜	9.8		

放射性碘

放射性碘有 ^{123}I、^{125}I、^{131}I 等。

^{125}I 由加速器生产，可标记各种化合物，用于 SPECT 脏器功能显像。

^{125}I 主要用于制备 ^{125}I 标记化合物、^{125}I 放射性粒子。^{125}I 标记化合物可用于放射免疫检测，诊断多种疾病。^{125}I 放射性粒子可用于晚期实体肿瘤的植入治疗，被喻为"分子手术刀"，可持续、低剂量释放核射线，有效杀灭肿瘤细胞。

^{131}I 主要用于诊断和治疗甲状腺疾病（甲亢、甲状腺结节及甲状腺癌）及制备 ^{131}I 标记化合物。一般饮食中含碘每天超过 0.5 mg 即可影响甲状腺对 ^{131}I 的摄取。较大剂量（10 mci）的 ^{131}I 能破坏甲状腺组织，减少甲状腺素的形成，达到治疗甲亢的目的。更大剂量的 ^{131}I（100～200 mci）适用于甲状腺癌切除后，特别是分化型癌转移病灶的治疗。

^{131}I 是核辐射突发事件落下灰中造成人体伤害的主要放射性核素之一。

服碘可减轻核辐射对甲状腺的伤害

需按计划服碘

在涉及放射性碘的核辐射突发事件早期和中期，有摄入放射性碘，使甲状腺受到较大剂量的照射的可能性。放射性碘主要通过吸入污染的空气、食入污染的食品和水、通过皮肤吸收和沉积的放射性碘产生的外辐射等对人群造成伤害。此时，服用一定量的稳定性碘，使甲状腺处于碘饱和状态，从而阻止外来放射性碘的吸入沉积，是减少甲状腺吸入或食入放射性碘的一种有效的预防性措施。

在摄入含有放射性碘的放射性物质以前 6 小时服用稳定性碘，几乎可完全阻断放射性碘在甲状腺内的沉积。

在吸入放射性碘的同时服用稳定性碘，则可阻断 90% 的放射性碘在甲状腺内沉积。

在吸入放射性碘数小时内服用稳定性碘，仍可使甲状腺吸收放射性碘的量降低一半左右。

切尔诺贝利核事故的经验教训表明，放射性碘是最大的影响因素，该事故造成年龄在 0 ~ 18 周岁的儿童暴发甲状腺癌病例超过了 5000 例。因此，在核与辐射突发事件发生后，经评估需要时，服用一定剂量的碘制剂，可以有效避免甲状腺所受到的辐射损伤。WHO 对成年人推荐的碘服用量为 100 mg（相当于 130 mg 碘化钾或 170 mg 碘酸钾）；对孕妇和 3 ~ 12 岁的儿童碘服用量为 50 mg；3 岁以下儿童碘服用量为 25 mg。

切忌擅服碘片

有些人群，如妊娠妇女、婴儿、儿童和 16 岁以下青少年在服用稳定性碘时应注意剂量。

患有某些疾病，如甲状腺结节、浸润性突眼、正在接受放射性碘治疗的甲亢或甲状腺癌、甲状腺慢性炎症、甲状腺功能亢进、对碘过敏者或某些皮肤病（痤疮、湿疹、牛皮癣）等病人，应慎用或不用碘制剂，或遵照医师指示执行。

健康人群在核与辐射突发事件发生后，应在事故状态评估以后才能决定是否需要服用碘片，并应注意按计划服碘。

碘盐对防范核辐射的作用有限

我国是世界上碘缺乏危害最严重的国家之一，国家推行食盐加碘主要是防范碘缺乏病。碘盐的碘含量在（35 mg ± 15 mg）/100g，按 WHO 对成年人推荐核辐射突发事件发生后的碘服用量为 100 mg 计，每天需服 3 千克碘盐方能达到补碘要求，这在日常生活中是不现实的。为防止慢性辐射损伤，适当注意多食富碘食物更加安全、有效。

碘与甲状腺疾病

碘是甲状腺合成甲状腺素的主要原料，碘能被甲状腺滤泡上皮摄取和浓聚,摄取量及合成甲状腺激素的速度与甲状腺功能有关。碘经消化道被吸收后进入血液内,正常情况下甲状腺可摄取其 20%～45%。甲状腺内碘浓度可达血浆浓度的 25～500 倍。甲状腺的碘代谢与甲状腺激素的分泌,受到下丘脑－垂体－甲状腺轴反馈调节机制的控制。大部分碘在甲状腺内参与甲状腺素的合成,成人甲状腺每天合成甲状腺激素大约需要 100 μg 碘。

碘缺乏病

碘是影响智力发育的重要微量元素,人体缺碘会造成不同程度的损害,导致发生碘缺乏病。碘缺乏病是指由于自然环境碘缺乏而造成胚胎发育到成人期由于摄入碘不足所引起的一组有关联疾病的总称。碘缺乏病是由于自然环境中的水、土壤缺乏碘造成植物、粮食中碘含量偏低,使机体碘的摄入不足而导致,是世界上分布最广泛、侵犯人群最多的一种地方病。它包括地方性甲状腺肿、克汀病、地方性亚临床克汀病、单纯性聋哑、流产、早产、死胎、先天性畸形等。

碘缺乏病是一种世界性地方病,我国是世界上碘缺乏危害最严重的国家之一。病区人口达 4.25 亿,约占世界病区人口的 40%,占亚洲病区人口的 60%。我国现有智力残疾人 1017 万,其中 80% 以上是因缺碘造成。在普遍推行食盐加碘后,碘缺乏病的发病率已逐年降低。

1994 年起每年的 5 月 5 日定为全国碘缺乏病宣传日,也被称作"全国碘缺乏病防治日"。是为了提高国民对"碘缺乏病"危害的认识,促进国民身体健康而设立。

碘过多病

长期碘摄入量过高或一次性摄入相当高剂量的碘,会危害人体健康,而且可以致病,统称为碘过多病,它包括:高碘性甲状腺肿、散发性高碘甲状腺肿、地方性高碘甲状腺肿、碘致甲亢、碘致甲减、桥本甲状腺炎、甲状腺癌、碘过敏和碘中毒等。

☢ 五、看我 72 变——核技术在其他领域中的应用

核技术在社会生活中应用非常广泛,从医疗设备到手机中的微型零件,从农业育种、食品保鲜到燃煤电厂的烟道气处理,无处不见核技术。

除了核电, 核技术的很多应用与我们普通老百姓的生活息息相关,例如很多粮食、蔬菜、水果都是通过辐射育种得来的;电子产品中的很多半导体材料在制造过程中使用了核技术;高性能电缆、热缩包装材料、汽车轮胎、印染粘合剂有相当一部分是使用核技术生产的。在发达国家,非核电核技术应用占到国家 GDP 的 3%以上。我国辐照加工产业总产值也逐年递增,2010 年已达到 200 亿元。

核技术在科学上的应用更是科学发展史上的一个里程碑,其中同步辐射的发展和应用为各学科前沿研究领域提供了不可替代的研究手段,极大地促进了现代科学的发展。

1. 辐射育种

"辐射育种"是继"系统选种"、"杂交育种"之后而兴起的一种新的育种方法。辐射育种是利用中子或放射性同位素放出的射线,改变生物细胞遗传物质的结构,引起生物性状突变。我国近年来农作物新品种有相当一部分是通过辐射育种产生的。

中国是世界上最大的粮食生产和消费国, 我国政府始终积极支持核技术在农业上的应用,已经在大部分省份设立了研究所,进行辐射育种方面的研发和探索,在辐射诱变植物育种方面处于世界领先地位。

通过辐照育种培育成的"鲁棉一号"棉花,具有早熟性和其他抗逆

"鲁棉一号"棉花

性能,能够适应我国华北棉区的生态条件,产量稳定通过辐照育种选育而成的水稻良种"原丰早"具有早熟、高产优质、适应性好等特点,比原品种早熟一个多月,同时保持了其他丰产性状,其广泛的适应性使之成为我国水稻三大品种之一。

2. 辐射保鲜

辐照保鲜食品是一项发展极快的食品保藏新技术。放射线由于具有较高的能量,穿透物质的能力强,一定剂量的照射,能杀死寄生在食品表面及内部的微生物和害虫。适当剂量的照射,可以抑制农畜产品的生命活动。

传统的保鲜食品办法有晒干、烟熏、糖渍、盐腌及现代的冷冻、化学防霉、防腐。而辐照处理食品保藏方法具有杀菌消毒,无污染,保持食物原有风味,能耗低,抑制发芽,减少腐烂和损失等优点。

1980 年，联合国粮农组织、世界卫生组织、国际原子能机构组织的辐照食品卫生安全联合专家委员会宣布"任何食品当其总体平均吸收剂量不超过 10kGy 时，没有毒理学危险，不再要求做毒理学实验，同时在营养学和微生物学上也是安全的"。

辐照技术作为一项新兴的绿色加工技术，被世界卫生组织列为确保食品安全的重点推广计划。辐照食品已进入了商业化应用阶段并且发展迅速。

经辐照处理的湿面(右边)和未经处理的湿面(左边)保存 90 天后照片。很明显未经辐照处理的已变质。

经辐照处理的大蒜(右边)和未经处理的大蒜(左边)保存 90 天后照片。很明显未经辐照处理的已发芽。

从 1958 年起，中国先后开展了辐照马铃薯、洋葱、大蒜、蘑菇、蔬菜、水果、鲜猪肉、牛羊肉、鸡鸭肉及其制品，水产、鲜蛋、中草药等的实验研究取得了重要成果。目前我国获批准的适宜辐照的食品近百种。国家制定了相关产品的辐射加工工艺标准，确保辐照食品质量和安全。

3. 辐射除虫

采用昆虫的辐射不育技术，在人工大量繁殖昆虫时，用辐射使雄性昆虫失去繁殖能力，然后放回自然。雌性昆虫和不育的雄性昆虫交配，产生的卵不能繁衍后代，最终可导致这种昆虫的灭绝。

据保守估计,由于虫害造成世界粮食每年减产25%到30%。大量使用农药带来了环境的严重污染,在许多国家已经用昆虫不育技术来取代杀虫剂。

这种技术曾成功地用于杀灭果蝇、新大陆螺旋蝇。在墨西哥、美国、智利、阿根廷和秘鲁等国已成功地用来杀灭和控制地中海蝇。日本也曾在久米岛对这种螺旋蝇运用过这一战术。从1975年2月开始,每周放出400万只绝育的螺旋蝇。结果,该岛上的这种蝇全部被消灭了。

我国也曾用这一技术控制棉铃虫的生长,并取得了很好的效果。棉铃虫的灾害可造成棉花严重减产。如1992年我国棉铃虫灾害严重,5000万亩棉田受害,棉花减产40%。利用辐射技术,可以使棉铃虫危害大幅度下降,并大量减少化学杀虫剂的使用,减少对环境的污染。

4. 辐射材料改性

由于辐射加工的独特优点,辐射化学工业产品的品种和数量不断增加,经辐照加工的工程材料具有高强度、低密度、耐高温、耐低温等特点,广泛适用于航空、航天、核电等特殊行业的材料加工。

经过辐照生产的新型木质地板,使木材表面光滑并能防火,且材料变得非常坚硬。用类似的辐照技术制作的建筑用材如花砖等经久耐用,用于各种公共场合。书籍、档案、文物经过辐照可以灭菌防

改进纤维实物

腐;水晶、玻璃经过辐照可以改变美观;竹木工艺、贝雕画、羽毛画经过辐照后可以杀虫,既美观又可以长期保存。

5. 辐射灭菌

食品、医药和医疗卫生用品在生产、运输和贮存过程中,很容易被污染,致使微生物繁殖,卫生指标不符合标准规定,不能投放市场。传统意义上的消毒灭菌一般是指化学试剂消毒灭菌,但是这种消毒方法有着极大的局限性。化学方法所采用的消毒剂环氧乙烷具有强的致癌效应,而要去掉这些残留物将大大提高成本。目前世界各国已基本停止使用化学消毒法,取消了化学消毒灭菌法,辐射消毒灭菌成为了主流。

医用消毒杀菌

核辐照灭菌消毒的原理是利用放射性射线,达到杀灭病原微生物的目的。它主要应用于一次性医疗卫生用品的消毒灭菌,包括金属制品、塑料制品以及一次性使用的高分子材料医疗用品等。中西药与化妆品也都可以采用辐射消毒灭菌。

核辐照消毒的优点主要有;穿透力强,可深入内部消毒;封装后消毒,便于控制污染;采用核技术,大大减少了化学添加剂、消毒剂、防腐剂等的使用,杜绝了二次污染;工艺简便快速,可大批量连续生产。

6. 辐射工业探测

在人们日常生活中,最常见的辐射探测就是车站、机场、海关等单位的货物检测。辐射探测的三维成像功能，使得安检工作人员不用开箱就可以清楚地看到箱中的货物，大大加快了安检的速度。

同方威视大型集装箱检测系统

我国清华同方继美国、英国之后研制成同方威视大型集装箱检测系统，为海关反恐、反走私做出了贡献。我国于2003年研制的 Co-60 集装箱 CT 检测系统，可以轻易地把箱内的食糖与盐、水和油、铝和铁区分开来。

在出入境口岸安装了这样的探测设备后，可以迅速建立一道海关口岸的反走私屏障。设备启用后即可查获毒品和其他违禁物品，海关人员坐在舒适的办公室里就能对眼前的一切一目了然。

7. 辐射三废处理

利用辐射对环境污染物进行处理，是备受重视的环境保护新技术。

核技术已广泛用于治理环境污染。利用辐射处理污染、废水和其他生物废弃物的方法与传统的填埋、投海、焚烧等处理方法相比有显著的优点：它不会造成环境的二次污染。美国已有半生产性的辐射处理废水工厂40多座，经处理后的水的各项指标，几乎都优于常规处理法。运用辐射处理污泥的技术也已成功运行十多年，处理费用低，处理后的污泥仍保持其原来的养分。热电厂烟气中含有大量二氧化硫和氮氧化合物等有害气体，用电子束处理，可变废为宝，生产出肥料。

8. 辐射考古

传统意义上的考古常靠史料记载、史地知识和化学分析等手段进行研究,或凭一定的实践经验进行判断。随着核技术的发展,各种核测试技术给考古学研究提供了重要的测量方法,不断地揭示出古代遗存的丰富潜信息,使考古研究提高到一个新的层次。

我国考古专家,利用该技术从恐龙蛋化石中发现了恐龙胚胎,探测出北京猿人的年代和陨石的年代,测定广东出土河床下 12000 年前的古树,由年轮判断出当时的温度比现在低。从其中的海洋生物残留,推测出现今的海岸线比当时后退了 9.5 千米,反映了沧海桑田的变迁及气温的周期变化。

核技术在考古方面的应用还引出了很多有趣的事情:在意大利都灵大教堂的圣殿上,防弹玻璃护罩的银盒子里供着一件"神圣之物",是基督教最受崇敬的圣物——耶稣裹尸之布,科学家用核探测技术进行年代分析,证明这块"裹尸布"的年代在公元 1260—1380 年之间的可能性为 95%,所谓的"裹尸布"为中古时期的赝品。对所谓的拿破仑的头发进行测定,结果表明他的饮食中被投放了毒物——砷,致使拿破仑因此中毒而死亡。

9. 核辐射技术在科学上的应用

同步辐射是一种性能优异的核辐射光源,是速度接近光速的带电粒子在磁场中沿弧形轨道运动时放出的电磁辐射。形象地说,同步辐射的轨迹就如同转动湿漉的雨伞时沿着伞的切线方向飞出的水滴。由于它最初是在同步加速器上观察到的,所以被称为"同步辐射"。

国家同步辐射实验室储存环大厅实体图

同步辐射是多学科交叉的研究平台。当我们想研究特定样品体系时，依照微观尺寸范围选取不同波长的光，而同步辐射宽光谱特性可以保证我们方便地选取和利用不同波长的光。例如：研究分子团簇的类别时，使用红外光；研究分子间结构时，使用真空紫外光；对原子内部结构进行解析时，则需要X射线。

与可见光一样，同步辐射也具有透射、散射、吸收、衍射等光学特性，使用这些特性对物体进行测试，可以获得原子、电子和分子等信息。目前，基于同步辐射，还发展了时间分辨、空间分辨、能量分辨、动量分辨的实验技术，为原位、动态研究物理、化学、生命等过程提供了先进的研究手段。

正是基于这样的优点，同步辐射已被广泛应用于物理、化学、材料、生命、信息、力学、地学、医学、药学、农学、环境保护、计量科学、光刻和超微细加工等众多基础科学和应用研究领域。

以同步辐射在生命科学研究中的应用为例，在本世纪已获得4个诺贝尔奖,包括(1)Roderick MacKinnon 获 2003 年化学奖,对钾离子通道结构的研究工作完成于美国 CHESS 和 ALS 同步辐射光源;(2)Roger D. Kornberg 获 2006 年化学奖, 对 RNA 聚合酶结构的研究工作完成于美国 SPEAR 和 ALS 同步辐射光源; (3)V. Ramakrishnan、T. Steitz 和 A. Yonath 获 2009 年化学奖, 部分对核糖体结构的研究工作完成于美国 APS 和 ALS 同步辐射光源。

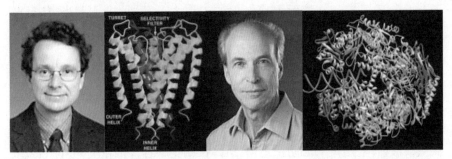

2003 年和 2006 年诺贝尔化学奖获得者及利用同步辐射获得的生物分子结构

　　我国的同步辐射装置有合肥光源、北京同步辐射光源(正负电子对撞机分时使用)和上海第三代同步辐射光源。在科学研究方面也取得了一系列非常重要的成果,受到国内外科学界瞩目。例如:(1)在国际上首次发现燃烧过程中的烯醇中间产物,修正和完善了现有的燃烧动力学模型;(2)利用真空紫外同步辐射光直接电离方法,模拟了 F+D2 反应动力学过程的物理图像,"在量子水平上观察到化学共振态,解决了三十多年来化学研究中一个悬而未决的国际公认难题", 获 2007 年度十大中国科技进展;(3)利用同步辐射谱学技术和新的定量解析方法,用现代科学手段揭示中药砒霜治疗白血病的分子作用机制,为肿瘤治疗提供了理论和实践依据,获 2010 年度"中国科学十大进展"。

☢ 六、并不可怕——辐射的防护与剂量监测

1. 电离辐射对人体健康的影响

（1）凡能引起物质电离的射线，常见的有 X 射线，β、γ 射线、α 粒子、中子、质子等。在接触电离辐射的工作中，如防护措施不当，违反操作规程，人体受照射的剂量超过一定限度，则能发生有害作用。

（2）电离辐射可引起放射病，它是机体的全身性反应，几乎所有器官、系统均发生病理改变，但其中以神经系统、造血器官和消化系统的改变最为明显。人体受到大剂量电离辐射的一次或数次照射，可发生急性放射病。在从事放射性工作中，如防护不当，机体长期受超容许剂量的体外照射，或有放射性物质经常少量进入并蓄积在体内，则可引起慢性放射病。

2. 辐射防护的方法

针对辐射的来源，辐射的危害，我们如何保护自己免受过量照射？在辐射防护中有 三个主要因素：时间，距离，屏蔽。外照射防护的三大原则是间隔防护、距离防护、屏蔽防护；内照射防护的基本方法有围封隔离、除污保洁和个人防护。

外照射防护方法：

时间防护

缩短与放射源接触的时间。当你在辐射源附近时，你必须近可能留驻较短的时间，以减少辐射的照射。

距离防护

增加放射源与生物体之间的距离。增加距离后,放射源与生物体之间的空气部分吸收少量射线,达到防护效果。越是远离辐射源,你将受到越少的照射。我们试想一场室外音乐会,你可能坐在表演者面前,或是坐在离舞台 50 米的距离,或是坐在穿过街道的公园草地上,你的耳朵将受到不同的刺激。你坐在表演者面前,你的耳朵将受到损伤;50 米处,你将接受平均水平;如果是坐在远处的草坪上,你也许根本听不见所举行的音乐会。辐射暴露如同上述例子,越是靠近辐射源,你受到损伤的几率越大,越是远离,照射越低。

屏蔽防护

在放射源与生物体之间增加屏蔽物质借此吸收或阻挡射线,达到防护的目的,根据放射源的种类不同应采用不同的屏蔽材料。如果你在辐射源周围增加屏蔽,你将减少照射。

内照射防护方法

总体上说所有防止放射源进入体内的方法都是内照射防护的方法,归结起来有以下几个方面:

围封隔离

把开放源控制在有限的空间内,防止它向环境扩散。如应用通风橱、手套箱等以达到防扩散的目的。

除污保洁

随时消除环境介质的污染,监测污染水平,控制向周围环境的大量扩散,使环境介质的污染浓度尽可能低于国家规定的限值。

个人防护

遵守个人防护准则;合理使用个人防护用品。

遵守个人防护准则,就是在开放性放射性工作场所中,禁止一切能使放射性核素进入人体内的行为和活动。比如禁止在场所内饮水、进食、吸烟、化装等。

合理使用个人防护用品,比如口罩、手套、工作鞋、工作帽和袖套等。

3. 辐射剂量的监测

在电离辐射的工作场所或核事故时需要对周围环境和受辐照人员进行剂量监测,评估辐射水平和事故等级以及对人类生活环境的影响,这就要用到各种辐射剂量的监测仪器,这些仪器包括:场所剂量监测仪;手持式 α、β、γ 和 X 辐射剂量率监测仪;X–γ 辐射个人报警仪;低本底多道 γ 能谱仪;低本底 α、β 测量仪;α、β 表面污染监测仪等。

4. 辐射损伤的医学处理规范和剂量估算

为了加强和规范核或者辐射事故时应急医学处理工作,国家卫生部等相关部门发布了我国《辐射损伤的医学处理规范》,该规范的目的,是为在人员受事故照射后的几小时到几天、损伤程度尚不明确的情况下参加医疗救治的医务人员提供指导,使他们能迅速有效地完成诊断并给予紧急处理。规范适用于核事故和辐射事故时对辐射损伤病人的诊断和医学处理。

该规范的内容包括:事故的类型和照射方式及事故受照人员的诊断、分类及医学处理原则;全身外照射急性放射病的诊断和治疗;局部辐射损伤的诊断和治疗;放射性核素污染的判断和医学处理;复合伤的分类、诊断与治疗,以及记录的保存等。

辐射剂量是决定辐射损伤转归的根本因素,该规范还涉及了各种辐射损伤的剂量估算方法,越来越趋向于进行综合系统的剂量估算,综合临床表现(呕吐时间)、血液学改变(外周血淋巴细胞变化)、细胞遗传学改变(染色体畸变)、DNA 损伤(单细胞凝胶电泳)、基因表达改变等多指标,用于辐射损伤后的生物剂量快速估算,提高了剂量评价的客观性和准确性,更好地为医学处理提供指导。

☢ 附录一:几次重要的核事故简介

1.苏联切尔诺贝利核电站事故

切尔诺贝利核电站是苏联最大的核电站,共有 4 台机组,位于乌克兰基辅市以北 130 千米。切尔诺贝利核电站的灾难性大火造成的放射性物质泄漏,污染了欧洲的大部分地区,国际社会广泛批评了苏联对核事故消息的封锁和应急反应的迟缓。在瑞典境内发现放射性物质含量过高后,该事故才被曝光于天下。

这场核灾难发生于 1986 年 4 月 26 日,当时 4 号反应堆的技术人员正进行透平发电机试验,即在停机过程中靠透平机满足核电站的用电需求。由于人为失误导致一系列突发的功率波动, 安全壳发生破裂并引发大火,放射性裂变产物和辐射尘释放到大气中。当时的辐射云覆盖欧洲东部、西部和北部大部分地区, 有超过33.5 万人被迫撤离疏散。此次核事故的直接死亡人数为 53 人,另有数千人因受到辐射患上各种慢性病。

今天，切尔诺贝利周边地区呈现出一种怪异的反差。切尔诺贝利和普里皮亚特这两座遭到遗弃的城市正慢慢走向衰亡，周围林地和森林地区的野生动物却因为人类的撤离呈现出一片欣欣向荣的景象。有报道称，当地甚至再次出现了已经消失几个世纪的猞狸和熊，它们的出现说明大自然拥有惊人的恢复能力，生命即使在最为可怕的环境下也有能力适应并进行调整。

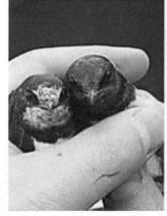

　　切尔诺贝利已经成为核事故的一个代名词，反原子能抗议者经常用"另一个切尔诺贝利"这样的字眼警告世人。

　　苏联切尔诺贝利核灾难是目前唯一的国际核事件（缩写 INES）达到7级的核事故，自然灾害、人为失误以及设备老化都是核工业无法回避的现实。

2. 美国三里岛核电站事故

　　1979 年 3 月 28 日，三里岛核电站（位于宾夕法尼亚州哈里斯堡附近）TMI-2 反应堆的冷却剂泵发生故障，一个卸压阀门无法关闭。控制室工作人员随即听到警报并看到警告灯亮起。不幸的是，传感器本身的设计缺陷导致核电站操作人员忽视或者误解了这些信号，导致反应堆芯因温度过高最终熔化。在形势得到控制时，反应堆芯已经熔化一半，反应堆安全壳底部的近 20 吨熔铀慢慢凝固。安全壳内部的蒸气和气体排放口导致大量放射性物质释放到大气和周围环境中，该事故被

定为国际核事件 5 级。

　　三里岛核事故并没有导致任何核电站工作人员或者附近居民死伤，但该事件的影响巨大，仍被视为美国商业核电站运营史上最为严重的核事故。自这场核事故之后，美国至今未发生核事故，至今未建造新核电站。

3. 日本福岛核电站事故

福岛核电站位于北纬 37°25′14″，东经 141°2′，地处日本福岛工业区。它是目前世界最大的核电站,由福岛第一核电站、福岛第二核电站组成,共 10 台机组,均为沸水堆。本次发生事故的为第一核电站。

福岛第一核电站位于东京东北部 270 千米，负责为东京和日本电网供电。3 月 11 日,日本发生里氏 9.0 级大地震,地震引起的断电导致反应堆冷却剂泵停止工作。存放在地势较低地区的备用柴油发电机也在地震引发的海啸中严重受损。由于 1 号反应堆所在建筑内的发电机无法启动,反应堆芯温度不断升高,安全壳建筑内的氢气不断积聚,达到危险水平。发电机产生的火花导致氢气爆炸,安全壳的屋顶被掀翻。第二天,3 号反应堆所在建筑内的氢气发生强度更大的爆炸。14 日,2 号

反应堆所在建筑也发生爆炸。由于贮水池内的水蒸发殆尽,4 号反应堆所在的建筑内存储的燃料起火燃烧。

福岛第一核电站事故造成核电站周边 30 千米的居民被迫全部疏散,数百人受到不同程度的辐射,泄漏的各种放射性物质将会随风飘散到更远的地区,造成更大范围的放射性污染。福岛第一核电站事故仍处在"进行时",核电站刚泄漏监测到的数据是每小时 1.015 mSv,这相当于如下几种情况:

(1)核电站工作人员一年接受的行业辐射。

(2)十次 X 光检查接受的辐射。

(3)乘飞机 239 小时接受的辐射。

(4)每个人半年内接受的天然辐射。

也就是说,在日本福岛核电站周围接受一小时的核辐射相当于进行十次 X 光检查。由此可见日本核辐射的危害有多大。

福岛第一核电站国际核事件等级起初被定为 4 级,现修改为 5 级,但法国核安全机构认为实际严重程度可能会超过 5 级,甚至达到 6 级。

4. 中国内地放射源丢失事故

中国合肥三里庵事故

发生在 1963 年的安徽合肥三里庵,是国际原子能机构所记录的中国较早的放射性事故。多年不用的农业科研钴 60 放射源被放置在河塘边,一孩童将其带回家玩耍,在家中放置 212 小时,全家 6 人受照,剂量为 2~80 Gy,2 人因为受照剂量过大致急性放射病,分别于照后 11 天和12 天死亡,其余病人经过救治转为慢性放射病存活。

中国山西忻州事故

1992年,山西忻州地区科委搬迁时,将旧址转让给忻州环境监测站。忻州地区科委曾经引进5个钴60辐射装置,用于育种。环境监测站在扩建时,请了山西省环保局处理旧辐射源,但未查清究竟有几个放射源,导致一个放射源遗留井下,被一位施工者带回家。一个小时后他开始头痛、呕吐。他的妻子当时已经怀孕,而他的父亲和哥哥也不幸受照射。太原的医院不知道病因,放射源从他口袋里掉出来,但没有人能够识别放射源。结果,放射源被扔进医院的垃圾里。这个过程中,多人受照,所幸放射源最终被找到了。这次事件最终造成3人死亡,10人受伤。

☢ 附录二:几个与核有关的机构或团体

1. 中国国家核事故应急协调委员会

为了加强对核事故预防和救援工作的领导,1995 年 3 月 25 日国务院决定成立国家核事故应急协调委员会,负责研究制定核事故应急准备和救援方面的政策措施,统一组织、协调全国核事故应急准备和救援工作。

国家核事故应急协调委员会的职责:

(1)拟定国家核事故应急工作政策。

(2)统一组织、协调国务院有关部门、军队和地方人民政府及核电站主管机构的核事故应急工作。

(3)组织制定和实施国家核事故应急计划,审查批准场外核事故应急计划。

(4)适时批准进入和终止场外应急状态。

(5)提出实施核事故应急响应行动的建议。

(6)审查批准核事故公报、国际通报,提出请求国际援助方案。

国家核事故应急协调委员会最近一次发布的《日本核泄漏对中国无影响》的报告是 2011 年 3 月 18 日。

2. 中国国家核安全局

国家核安全局是环境保护部下设机构,对外保留国家核安全局牌子。环境保护部副部长任国家核安全局局长。

国家核安全局职责:

(1)负责核安全和辐射安全的监督管理。拟定核安全、辐射安全、电磁辐射、辐射环境保护、核与辐射事故应急有关的政策、规划、法律、行政法规、部门规章、制度、标准和规范,并组织实施。

(2)负责核设施安全、辐射安全及辐射环境保护工作的统一监督管理。

(3)负责核安全设备的许可、设计、制造、安装和无损检验活动的监督管理,负责进口核安全设备的安全检验。

(4)负责核材料管制与实物保护的监督管理。

(5)负责核技术利用项目、铀(钍)矿和伴生放射性矿的辐射安全和辐射环境保护工作的监督管理,负责辐射防护工作。

(6)负责放射性废物处理、处置的安全和辐射环境保护工作的监督管理,负责放射性污染防治的监督检查。

(7)负责放射性物品运输安全的监督管理。

(8)负责输变电设施及线路、信号台站等电磁辐射装置和电磁辐射环境的监督管理。

(9)负责核与辐射应急响应和调查处理,参与核与辐射恐怖事件的防范与处置工作。

(10)负责反应堆操作人员、核设备特种工艺人员等人员资质管理。

(11)组织开展辐射环境监测和核设施、重点辐射源的监督性监测。

(12)负责核与辐射安全相关国际公约的国内履约。

(13)指导核与辐射安全监督站相关业务工作。

3. 中国核学会

中国核学会于 1980 年正式成立,同年加入中国科协。学会是具有法人资格的全国性、学术性、非营利性的社会团体,是党和政府联系核科学技术工作者的桥梁和纽带,是发展我国核科学技术事业的重要社会力量。

核学会主要任务:

(1)开展学术交流活动,活跃学术思想,促进核科学技术的发展和应用。

(2)开展国际间核科学技术的交流活动,发展同国外的核科技团体和核科技工作者的友好交流。

(3)普及核科学技术知识,推广先进技术,开展继续教育和青少年科技活动,举办核科学技术展览会。

(4)编辑出版学术和科技书刊。

(5)接受委托,进行科技项目论证、评估、咨询、鉴定等活动,提供技术咨询和技术服务。

(6)反映会员和科技工作者的意见和呼声,维护他们的合法权益,举办为会员服务的各项事业和活动。

(7)评选和奖励优秀的学术论文、学术著作和科普作品,推荐优秀的科技成果、产品和科技人才。

(8)推荐核科学技术和相关领域的中国科学院和中国工程院院士候选人。

(9)业务主管和挂靠单位委托的其他任务。

图书在版编目(CIP)数据

核辐射普及读本/刘学公，郭建友等编著.—合肥：
黄山书社,2011.3

ISBN 978-7-5461-1725-6

Ⅰ.①核… Ⅱ.①刘… ②郭… Ⅲ.①辐射防
护–普及读物 Ⅳ.①TL7-49

中国版本图书馆 CIP 数据核字(2011)第 040937 号

核辐射普及读本　　　　刘学公　郭建友　徐师国　盛六四　编著

出 版 人：左克诚	总 策 划：赵国华	整体设计：任耕耘　汤吟菲
责任编辑：汤吟菲	装帧设计：尹　晨	责任印制：戚　帅

编　　辑：徐娟娟　江汇　徐佩兰　刘春　王海宏　郝敏　余俊

出版发行：时代出版传媒股份有限公司(http://www.press-mart.com)
　　　　　黄山书社(http://www.hsbook.cn/index.asp)
　　　　　(合肥市蜀山区翡翠路 1118 号出版传媒广场 7 层　邮编：230071)
经　　销：新华书店　　　　　　　营销部电话：0551-3533762　3533768
印　　制：合肥杏花印务股份有限公司　电　　话：0551-5657639

开本：710×1000　1/16　　　　印张：4.75　　　　　字数：100 千字
版次：2011 年 3 月第 1 版　　　2011 年 3 月第 1 次印刷
书号：ISBN 978-7-5461-1725-6　　　　　　　　　定价：16.00 元